五点钟多云 ◎ 著

布拉诺岛的/窗

Bulanuodao
dechuang

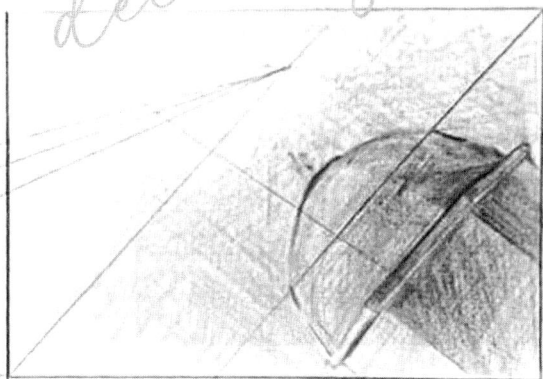

上海文艺出版社
Shanghai Literature & Art Publishing House

图书在版编目（CIP）数据

布拉诺岛的窗 / 五点钟多云著. -- 上海：上海文
艺出版社，2025. -- ISBN 978-7-5321-9312-7

Ⅰ. I227

中国国家版本馆CIP数据核字第2025DA6610号

发 行 人：毕　胜

策 划 人：杨　婷

责任编辑：李　平　程方洁

整体设计：建明文化

策划出版：北京泥流文化传媒有限公司

书　　名：布拉诺岛的窗

作　　者：五点钟多云

出　　版：上海世纪出版集团　上海文艺出版社

地　　址：上海市闵行区号景路159弄A座2楼 201101

发　　行：上海文艺出版社发行中心

　　　　　上海市闵行区号景路159弄A座2楼 201101 www.ewen.co

印　　刷：三河市华东印刷有限公司

开　　本：880×1230 1/32

印　　张：4.75

字　　数：35,000

印　　次：2025年7月第1版 2025年7月第1次印刷

Ｉ Ｓ Ｂ Ｎ：978-7-5321-9312-7/I.7305

定　　价：68.00元

告 读 者：如发现本书由质量问题请与印刷厂质量科联系　T：010-85717689

序

　　写下这些诗于我而言是为了纪念我的青春，我的乌托邦与幻想乡。我不奢求什么，只是做了自己喜欢的事。这是独属于一人的青春，独属于一个无名诗人的世界，那么，欢迎你们来到我的世界，我不喜欢那些文绉绉的现实主义话语，所以，我不会在这里发表什么没有用的长篇大论和无用养料，我的脑海里一直有一些美丽的画面。我尽可能地去描绘这些画面并为读者呈现。如果你问我世间最美好的爱情是什么，我想一定是青春之时那段最纯洁无瑕，毫不功利的感情。我用我的诗歌唱我的爱情，它们都是我最宝贵的财富，这个世界没有那么美好，我靠着爱和幻想走到现在，我的生活有这两个就够了。让诗歌记录最敏感，最柔软的情感。这，是诗歌和诗人存在的意义。最后，我由衷地向我的父母致敬，向支持和帮助此书出版的前辈、老师，朋友表示感谢。

——五点钟多云

目 录

◇　夜雨阑珊冷客衣

圣托里尼岛的夕阳，
埋葬你温柔乡的唯美与幻想，
别叫醒我　我甘愿大梦一场。

栀子花香，
是我青春记忆中最浓烈的味道，
春色晚，唯东风多情，漫染卿颜。

对吾之所爱，
我将简而言之——
最华丽的辞藻反无能为力。

我们本不会过多交集，
因为你的一个回眸，
余生便再也纠缠不清。

梦里春色已晚，
醒来时令才冬，
冬晚，春风在夕，却惹佳人笑。

倚栏饮酒观万里灯红，
风起微冷酒凝珠，
秋风亦愁，酒落散入她口。

我每一寸目光，每一次心跳，甚至是我整个人，
都和这场盛大的夏天无可避免地走向了凋亡。

卿于江南撑船弄篙，

雨水细，青丝稠，

才感，海棠烟雨，美如卿眸。

盛夏死亡，栀子殉情，

今晚我遇见了世间的所有美好，

唯独少了你。

如果可以，

我想找一个远离喧嚣的村落，

只与你度过剩下时光。

我在落日沉迷于酒精的时候为你写了首诗，

上面刻着对你的爱意与幻想。

还挺荒诞 圣诞礼物是永远不见，

我猜这肯定是个谎言。

可是你的语气那么决绝，

冷到漫天飞雪。

初雪飘进谁的心房，那里是否有栀子开放。

我知道这只是一场虚幻，

因为冬天的明信片敲不开春天的窗。

我打开信封，一字一句依然清晰可见。

那段热烈的青春已经过去很久了。

曾经的铅笔已经腐烂；我写下的文字正染着月光。

离别时的转身是如此决绝，
在那瞬间竟下起了雪。
飞雪漫天迷住了双眼，
昏黄的灯光映衬着牵强笑颜。

听，是风碎的声音。
碎片化成飞雪飘落世间，
涉过山川河流，只为赴一场浪漫。

窗外正好蒹葭，
世俗被谋杀，
我们私奔吧。

喜欢过了保质期，
充满爱意的眼眸逐渐变得冰冷，
一切都被晚风一并带走。

灰色是我青春的主色调，
飞雪也没能阻止你离开，
最后一行留给道不尽的遗憾。

死去的风葬在栀子花海，
时间背叛了誓言，一丝痕迹都不愿留下。

白雪见证了最纯洁的感情，
两个孤独的灵魂在此纠缠不清。

为了你我放弃了我的教义，
坚定的理性在你面前不堪一击。
神祇占有了世间所有浪漫，
我拼死抢下一朵，
将其送给了你。

下雪了，
雪是暗红色的，
人们却说是白色。
他们问我雪是什么颜色，
我的回答是那么突兀。
他们对我指指点点，
我欲更改，
却说早已留下标签，
索性冷眼相看。
白痴与天才共舞，
当光拂过白雪，
里面的肮脏与罪恶浮现。

理想主义的疯子被飞雪掩埋，

手中还攥着迟到的告白。

飞雪无罪，疯子有罪。

明月没了光亮，

我心中惶恐不安。

这时一位提着灯的女孩出现，

告诉我一切有她。

我放心的将自己的全部交给了她，

这是一场盛大的豪赌，

很庆幸本来没有希望的我这次赢了。

那已不作数的告白，

心扉又为谁去打开。

互相依偎于人海，

早已释然的笑夹杂着无奈。

风筝迷失在了花海，
曾经的一切不复存在。

特殊的爱恋甜蜜漫长，
心中有着一个姑娘。
美好的时光成为梦魇，
年少的遗憾变为旧伤。
她打破禁忌如同羔羊，
你一笑而过补上空窗。
将热烈的感情藏于心房，
不忍看她过往。
造物主雕刻了所有幻想，
唯独忘了来日方长。

我走不出我的幻想，

如果你想去寻找乌托邦，

请带上我的祝福与浪漫，

愿你在今后探险的日子里一切安好。

你的到来就像寸草不生的坟场长出鲜花，

冰雪冷冻糖浆，

海水窒息飞鸟。

看似毫无关系，

实则是独属于我们的暗语。

我的女孩，

请你安心地睡着吧。

不要将过往带进梦乡，

我向月亮索要了一抹月光，

让其守在你的身旁，

阻止世俗将你惊扰。

路灯是你的卫士，

昙花也为你开放。

我所爱的姑娘，

忘掉你的旧伤，

美美地睡一觉吧。

当你醒了以后，

还有我在你身旁，

晚安我可爱的小猫。

神明是粗心的，

给了我敏感与爱，

却将我丢在了一个罪恶的时代。

可他却又是偏心的，

让我遇到了至死不渝的女孩。

夕阳将自己的贞洁交给花海，

海棠也在雨夜盛开。

行将就木的誓言无力苍白，

玫瑰偷听过年少的期待。

青春终是独属于一人的紊乱，
月光降下帷幕，
神明欢声笑语并赐下祝福。
这番话发自肺腑，
别让它落了世俗。

青春的一抹惊艳照亮了某人的一生，
盛夏蝉鸣声不绝，炙热的风也喧嚣。
阑珊灯火会随着时间一并逝去，
再热烈的青春也终会收场。
可在年少时因为懵懂而产生的感情，
却仍在闪着光亮。

不善言辞的我为她写过最唯美的诗。
如果她能看到或许会很开心吧。

看啊，山脊负了日落。
威尼斯小城余晖微妙，
与其正好，青春不论斗胆年少。

玻璃不用改变形状，
有一束月光照过便好。

我以为自己坚不可摧，
可你一句话就让月亮红了眼，星星落了泪。

风伏在栀子耳边诉说爱意，
云朵听见红了脸。

如果要追溯浪漫主义，
我想一定是你。

夜空窥看路灯，
努力让自己更暗，
以衬托路灯的光亮。
那支箭矢没有穿于青丝，
而是正中我的心脏。

我试图找出你的缺点，以便说服我不爱你。
可后来发现哪怕是缺陷都让我为之着迷。

路上的擦肩而过，

毫无感情的眼眸轻瞥，

我知道的，我们从亲密无间变为路人。

亲爱的孩子啊，

不要哭泣了。

抬起你高傲的头颅，

坚强一点，

剩下的交给风吧。

中世纪的飞鸟不远万里来到此地，

只为将手中玫瑰散尽。

校园的银杏黄了，
仍记得上次你蹲在我身边，
和我说着悄悄话，
如今却人走茶凉只剩沧桑。

念东风，吹细柳，往事佳人愁满头。
欲还休，意难平，只思得槐絮杨花白首志难酬。

后来啊，
墨水成为泪滴。
在银杏依旧的校园里，
少了我们的倒影，
多了些许波动难平。
青春溺于风筝的海，
曾经的过往隐入尘埃。

还是忘了过去的不忍回首吧，
晚风冗长带着芳香吹到了圣十字广场。

初春的风迎面而来，
我尽我所能的去品尝，
可却毫无味道。
到最后快要放弃的时候，
竟奇迹般地出现了一丝味道。
苦涩夹杂着冰凉，
是青春的忧伤。
怎么会遗忘呢，
你明明说过的。

细雨恋歌悠扬，
旷野面包树和身后楼房。
夕阳昏黄落在身上，
那是独属我的幻想。

我给你留了糖，
你最爱的奶糖。
可你将我逐出梦乡，
奶糖依旧是那个味道，
我们却不再是当初模样。
乌鸦多嘴聒噪，
海棠也被中伤。
冰川收留飞鸟，
岛屿自有花香。

思念若是能被具象化，
我想那一定是一场浪漫而又惊天动地的海啸。

小道很短，
几分钟便是全程。
小道很长，
包含着我的幻想，
深埋着我的梦乡。

你带着光开场，
走遍了我的乌托邦，
台上的你神采飞扬，
却早已不是我的月光。

将遗憾交给晚霞吧，
坐在轨道旁，
吹吹仲夏的风。

我想世间最浪漫的告白，
莫过于福尔马林浸泡无名诗人的心脏。
将转瞬即逝变为永恒，
所有的爱意都被留在此刻。
不会变质，不会腐烂，
是最浪漫的禁锢，最恶心的爱。

无名诗人也能写出唯美的诗，
就像坟场的太阳，
雨中的飞鸟。
看似格格不入，
实则是对勇敢者的褒奖。

我笑着说过我早已遗忘，
遇见你时却泪染面庞。
心脏揪起难耐悲伤，
强撑着嘴角拍手叫好。

比起功成名就，
我更希望我是一名小说男主。
去看看三号路的盛夏，
目睹少年们的意气风发。

如果我知道那是我们的最后一面，
我一定身着盛装正式地和你道声再见。

我写过很多青春的诗，
虽说稍显稚嫩，
却是我人生中感情最纯粹，最充满回忆的一章。

若是为赋新词强说愁的话，
我不会写栀子和她。
愁不是可怕的，
拥有后的欣喜被失去替代的孤独和落差才是。

两管墨水道不尽我对你的思念，
海棠落入墨砚沾染了乌霜，
微风过，带走了那朵乌棠。
我想，风也被感动了吧，
将花带给了远在南方的你。

那天你和我说再见，
没想到一别便是六年。
再见你时倒也会弄红妆，
我微微一笑，摊开手臂迎接你的拥抱。
可是我知道的，我们早已不是彼此认识的模样。

我从来不会因为没有人声鼎沸而去放弃热爱，
这是一条很长的路，
而我只是路上的一个小石子。

我的诗篇是你，
我愿用我毕生所学去描述你的容颜。

我青春的扉页是从你告白的那一刻翻开的，
我用了一生去等那橘色的小店灯火。

亘古不变的爱封存在了灯塔，
朦胧的雾也让古桥模糊不清，
桥还是那座桥，人却来了走了换了许多面庞。

明明有的时候很想写一些关于你的诗句，

落笔却又不知从何写起，

只得苦笑一声合上本子望向了你。

世人都说我的手冰冷，

诚然，不过我写下的诗却是滚烫的。青梅只在记忆之中，

遇见你之前我都没想过会恋爱，

可是一切的一切都是在你之后。

和我幻想的一样，

当众人为我鼓掌的时候我看向了你，

我们却早已毫无关系。

那天盛夏的阳光照在手机屏幕上，
信息条也发送不停。
我满心欢喜，
因为我完成了年少的回忆。
不要考虑束缚，
勇敢去做，
神明在你身后保佑着你。

情话留在了校园秋夜，
桌洞里的小诗随着晚风吹走，
柏油小路见证了那一个个年少的爱情。

我们一起牵过手，
一起吹过秋风看过明月与银杏，
这就够了。

少年不一定要有轰轰烈烈的爱情，

一阵晚风，一场日落，一次心动。

有的时候明明触手可及，

就差那一丝刹那间的爱意，

到了最后却每次都只剩漠不相关。

我总想送你点什么，

可街边的小店没开，

只好摘下巷口的鲜花送给你了。

摸着粗糙古朴的纹路，
感受着它的坚硬与锋利，
一身光泽，一声脆响，
是它出生的证明。

如果让我说爱
我会告诉你栀子花和盛夏。
我想说的是，
我们就像栀子和盛夏。
是天造地设，不可替换的一对。

你是我自每一个盛夏以来遇到的第一个怦然心动，
是晚上的期待和美梦，
温暖的凌晨和你。
我喜欢你，我对落日发誓。

我才十六岁啊，

写不出也不喜欢那不解风情的哲理。

我喜欢的是那某一刻的心悸，

是那轻轻试探的双手，

对了，还有你。

她的病好了。

太好了，她在哪里。

天空的星星有一个是她。

她死了？

不，她只是换了一种方式看着我们。

夕阳穿过少女的发丝流露出金黄，

黑发变成金丝，

不经意间撩动了某位少年的心。

那时我以为自己会成为一名著名的作家，
可我有了爱与花香。
于是甘愿做了一个无名诗人。

你还记得吗，
那年的风。
三棵银杏树，
还有牵着手的我们。

夏天是什么，
橘子汽水味的清凉，
爷爷蒲扇的风，
烧烤的烟雾，
那些离我已经很遥远了。

我印象最深刻的，

是你蹦蹦跳跳地来到我身边，

我的手指划过你额头的那一抹温暖。

该怎么描述你的美呢，

任何赶路的飞鸟都会在你肩膀上稍歇一下。

我渴望有人坚定地选择我，

哪怕是流言蜚语也不能影响她分毫。

不过我明白这只是我的幻想，

毕竟天空的飞鸟去不了深处的汪洋。

你说那你留下来会怎样，

我想，我们应该会很幸福。

一起躲避目光，

吃几块饼干闲聊。

秋末的风很凉，

你的小脸冻得通红滚烫。

我当然知道这是你的借口啊，

可是不同意也留不住你的心呀。

索性放手让你自由地，

无忧无虑地飞翔。

人都是贪婪的，

拥有过便好。

明明你爱她的，

何必耿耿于怀呢。

离别对我们都好，

代价只是多了些伤痛罢了。

静心，瞄准，击发，我的手腕上戴着你的影子，

我是你你是我，

你站在我身后保佑着我命中靶心。

世上所有词汇描述不了你的美，

落日余晖不及你半点细微，

规则在我们面前如同傀儡，

我愿用我毕生去衬托永远的暧昧。

我是在秋天和你知根知底的，

在初秋相恋，

也是在秋末分离。

就像，秋天自然凉爽，

可它的晚风却很冰冷。

我本想去歌颂我们的爱情，

拾笔欲写，却想起我们已经没有未来，

我尝写爱意，如今却只枯木般孤寂。

我最喜欢干的事情，

是在窗边烧一壶茶眺望旷野。

就像寻找着什么，

关于生命的意义。

青春的懵懂，

蓝鲸坠亡深海，

临死前深情地对视着，

说着属于它们的悄悄话。

南方的浪漫是多于北方的，
闷热的空气涌进教学楼，
蓝白色的校服身影晃动，
夕阳最后一丝余光斜照进走廊。
蝉鸣喧嚣，校园门口的梧桐树枝桠疯长，
这是结束？不，这是悄悄的开场。

书笺夹在了某本书的扉页里，
少女抱着送给了生命中重要的某人，
嗯，青春的感情永存。

在那雪花纷飞的夜晚，
我用雪水写了一封信笺，
里面是我对你最纯粹的爱意。
雪停，风起，水渍被烘干，
那封信变成了一张被水浸湿过的白纸，
我们感情的纠缠，在此刻也一并变为空白，
原来那么多的雪天，也没能留下一次完美的告白。

其实，我不太会写诗，

可为了写你，我宁可眼睁睁地看着我写乱了心。

不要恭维我，

我只是一个小小的，文笔不佳的诗人。

我歌颂不了爱情，却可以歌颂年少的你。

那时的我们，

困在自己的心房里，

每天都试图找到爱的真谛。

我们无助地望着湖底，

我们清楚的，一切都不会留有痕迹。

可我们依然乐此不疲地寻找踪迹，

只为给彼此一个甜蜜的回忆。

你读的是蒹葭还是关鸠，
是心里的勇者还是现实里的爱而不得。

可是说到底还是年少的心动啊，
后来一身盔甲，围着京城走马观花，
直到看到路旁的你，心中那被冰封起的心再次融化。

你问我在看什么，
瞳孔里的七月盛夏。
梧桐荫下的自行车和汽水，
站在讲台大声地宣扬。
纸飞机划了一个优美的抛物线，
在这个充满冷气和书本的十几平米房间，
少年时代热烈漫长。

我将梧桐种满庭院，

书本扉页上停了十万只飞鸟。

虽然我种不满南京城，

可我以最大的诚意去迎接你。

人生就是写诗啊，

有的人匆忙几笔，

甚至连自己都不知道什么意思。

有的人反复修改，

生怕写错一笔，

终了，有人毫无踪迹，有人流传千古。

于我而言，

就像是在现实主义与快餐文化盛行的时代，

上演属于浪漫主义的戏剧。

即便被人排斥，

我依然坚定不移。
让傻瓜们去嘲笑吧，
只有智者会理解我们。

在雨中听听自己的声音，
淅淅沥沥，带着些许风的呻吟，
雨，是一个孤独灵魂的低语。

满城的银杏，纷纷落下，都成了写给你的思念。
慵懒的黄昏将云和雨织成睡衣，
凉茶再苦也抵不过月与清风。
如果你也会想起我，
请不要告诉我，
将我的钢笔，当作我对你的谢礼。

手写的文章正明，窗外的栀子花云淡风轻 。
痴情人听了一夜卿吹苗笛，
在山顶对望，写不下一首唯美的诗。

栀子的手终是写出了清秀的字体，
她在千户苗寨吹着笛子唯美窒息，
可是我们之间没了爱意。

为了找你，我搬进海的谷底，
时常看见不为人知的秘密，
后来回过神来，想起早已没了你。
一朵海浪被花敲开了家门，
我在海底等你，
在月圆之夜来赴约，
不见不散。

年少的我遇到了一束月光，

从那以后我的青春便有了色彩。

后面我们没了未来，

再一次爱上的人就像温暖的晚霞。

可惜我的记忆一直停留在了那个秋季，

而后我再也没遇到过那样的夜。

我对青春的情有独钟，

是因为这个时代有着不一样的情感。

小巷的花盆听了一代又一代人的声音，

红瓦瓦檐流过多少风雨，

纸伞过青衫便知是平安

水路泛舟而过，此景是江南。

在秋夜薄暮之时，
温壶米酒。
入口温喉，
人酥微醺愁。

风也有忧愁吧，
风吹过带着几滴水滴，
风啊，你是在哭泣吗，
如果是的话，请将你的心事说出来吧，
我会听的。

那些破碎了的，
不止有爱意，
还有海棠，他乡。

每天我都会收到信封，
我很好奇于信的主人是谁，
可是署名每次却都是一个枫叶，
后来我走到一片枫树林，
发现原来是秋。

你问我年少的爱情真的走得到最后吗，
我说能，可是这句话连我都不信。

怎么去描述爱情呢，
就像是一个理由，
一个给人们可以去放荡，无底线索取的理由。

我曾尝试回眸，
你又挑起苦痛。
我欲触摸禁地的玫瑰，
顷刻间手上多了数十条血痕。
我毫不在意地将手擦干净，
如果是这样的话，
你应该与土壤陪葬。
明年开春的时候，
我还要看到你腐烂的躯体融化月光。

我想我应该很懦弱吧，
害怕离去，
于是不切实际地幻想。

我永远对浪花俯首称臣。
因为哪怕无人欣赏也会绽放光芒。

我对自己的要求，

是不会因为一时冲动而狂热地追逐，

因为，量产的爱是廉价且不贞的。

我所信奉的信条，

是哪怕跌倒也会站起的坚毅，

是在悬崖峭壁而不发怵勇攀高峰的勇敢。

怀才不遇只是慵懒者的自艾自怨，

而我能做的是拿出事实狠狠地拍在他们眼前。

心中早已筑起高墙，

何必闯进他人梦乡。

留下体面潦草收场，

眼中只剩她的微笑。

我很清醒地知道我们没有未来，
可我连自己都骗了。
那一刻的不清醒，
我甚至以为我们会有将来，
到头来不过南柯一梦。

风在风车那里被判了死刑，
长满青草的山坡也没了波浪。
美梦被太阳惊扰，
我爱你这三个字终究也是童话。

我摸着我的胳膊，
感觉坑坑洼洼的有着许多痕迹。
仔细一摸，密密麻麻的刻着你的名字，
真奇怪啊，爱这个东西，在我这里居然刻骨。

到底是梨花落下香满地，
小巷下着细雨青石湿滑。
你占满了我的视野与梦境，
但也抵不过岁月的蹉跎漫长。

不可否认的是，
那个秋夜，那一句话，那场电影，那一个动作，
直到现在都让我被影响着。

我穿过为我鼓掌的人群，走到你面前停下。
帝国禁锢神祇，
你是我的成功，我的不可替代，是丘比特微眯的双眼。

你问我追求浪漫的前提，

我想，是在你的现实种满麦子时才会在心里种满玫瑰。

六便士在我兜里叮当作响，

梦想和我都在异乡。

道路坎坷漫长，

摘下一丝日光为我照亮前方。

明明做了很多心理建设，

可直到面对你的那一刻，

我仍不可避免地选择了投降。

我死后，请将我的尸体葬在花海。
我是神明健忘的手笔，
哪怕月亮再暗淡，
也会被说是无可替代。

小道旁路灯泛黄，
摊前堆满了青苹果，
教堂的钟当当作响。
在十四行诗第三首，
我笔下的孤独栀子，会去往梦乡。

温柔的日落被扔进水杯中冲泡，
调成一杯甜蜜的饮料。
我为你写下无数散文与诗，
你的一句话，都让我心动了无数次。

笔尖插进我的心脏，
血液掺杂着墨水流向身体四方，
我轻轻一笑，一滴雨水落了海棠。

笛子吹起恋歌为鲸饯行，
湿咸的海风云淡风轻。
栀子开满山丘，
故事留下伏笔。

多荒谬啊，在祈祷声中度过日夜的佛珠断裂，
手上握着尖刀要去屠戮苍生。
香火味道伴着升起的白雾，
孤独的，试图得到救赎的灵魂，
垂泣在了旧钟。

你信了半生神明，
赌她无数次心动。
龛台前久跪不起，
却也等不来你的花期。

我写了银杏梧桐，唱了夕阳乌龙，
还拉着月亮大醉了一场，但没有你在我的舞台上。

梧桐虔诚地向盛夏膜拜，
日落温柔如水，
就连蝉鸣都有了几分雅意。
风借机对叶子说，等等我，我会一直在你身边。

我丢弃了浪漫本身，
将其换成我在现实的金钱。
我笑了，对着这不堪的现实鄙视了一番，
拉响了浪漫的炸药包。

金戈铁马的人也会有属于他的细心与呵护，
他们也是一群温柔的人呢。

那天晚上，我端着米酒，
敬明月，敬爱人，敬自己。
敬这世间万物与秋风，
你是我这辈子都不愿醒来的梦。

哦，将架在脖子上的刀移开，

我们为自己而活，为千千万万个日夜而活。

万恶的资本企图奴役我们，

我们不会屈服于此。

唯心主义万岁，

浪漫主义万岁，

青春万岁。

宝贝儿，

你要记着。

三行情诗写的不一定是道不尽的思念，

还有青春无尽的遗憾与忧愁。

伟大的神啊，

请保佑我和她永恒吧。

我们在最美好的年纪遇到彼此，

这是您最好的安排。
请让我们走到岁月的尽头，
我们爱着，我们深爱着。

梨花和樱花交织成粉白的雾，
还有一些凝聚成了雨。
我漫步在这片湖底，
欣赏着春天的谢礼。

风摘下了樱花瓣，
我在树底等待落花将我覆盖。
它们在我的头上，我的肩膀上，我的书上，
可是，唯独对落魄的未来敬而远之。

自杀是美丽的，
逃避是懦弱的。
戛然而止的书信，
那天的坦然，
我想了又想。
到最后，我发现，
它们无不诉说着那一段无力的时光。

我早已知道了我被包围，
但是我最起码要有属于我的抵抗，
哪怕遍体鳞伤，哪怕肉体消亡。
我是暮光的太阳，
不是下水道的理想。

花海中了恶的圈套，
神祇身上带着海的遗嘱。
猎枪们瞄准着北方的土墙，
妄图活捉离乡的梦幻。

我的刀是刺不中鲜活的肉体的，

它刺的是夕阳的光，

割裂的是不切实际的想象。

墓地里的亡灵，

你们有什么可惧怕的呢，

你们比活着的人可爱多了。

我没见过你承诺的救赎，

从始至终没有践行过的誓言。

那天我未眠一夜，

想不明白，到底是哪里出现的裂痕，

后来想了想，原来是月光照在了你身上。

你将玫瑰交给我让我种在沙漠，

你以为它会凋零，

殊不知我偷偷将它栽在了威尼斯。

电影院黑得不见五指，

我转过了脑袋，

看向了你，

手摸上了你的脸颊。

我想向你讨要一次吻，

可能是我的问题吧，

行动中有着一丝轻浮，

如果我错了，我愿用昨日海风的棺材当作赔礼。

临走前的那日你亭亭玉立，

一袭白裙美丽致命。

我脱帽鞠躬向你致敬，

敬那几千日夜的陪伴与话语。

我们分别，不是永别，

我们，终会再见。

栀子开在仲夏，
那是它自己在神明前做的选择。
它不会在冰冷的白雪里盛开，
不会在秋日凋谢。
它会在热情似火的夏日，
同正值青春的少年们，
一起走向美好的夏末。

我的每一支笔，
都在纸上刻过你的名字。
墨水汇聚成海，
最小的，一片充满思念与爱慕的海，
是春末傍晚的温暖拂过的人间。
你只是冲我笑了一刹，
我的落款便写成了你的名字。

暮光从窗户折射到大理石板上，
逐渐变亮。
明日的希冀将要来到，
期待吧，我们的太阳。

现实将我流放世间，
我日夜祈祷乞求光亮，
后来，光确实来到我的身旁，
不过却是走个过场。

大概也就是了吧，
我可能真的是个吟游诗人。
我看到了墓地的阳光，
看到了阴暗灰白的天空，
还有那已经是初夏却仍没有绿叶的银杏树。

我写得最多的就是栀子，海棠，细雨，月光，夕阳，
写那些青春年少的爱意。
我不是多么恭维它们，
我只是想去将我没体验，
抑或是离我而去的收回到我的记忆里。

你说我轻佻多情？
如果真是这样，
你为什么不说凌晨的走廊与泪痕，
不说那偷偷引入的烈酒。
你只是片面的，迫不及待地想要攻击我，
先生，语言会化作利剑，
看准点，别刺向自己。

他们诋毁你，
只是因为你让他们嫉妒。

何必回击，
智者自会知晓真理。
生活将我逼成了刽子手，
举起手中的审判劈向了曾经的自己。
过去的我没死，
审判却碎了一地。

在我看来，
暗恋不过是一场逾矩的，无礼的闹剧。
明明没有那么亲密无间，
可对其中一人而言，却是一场独属他的戏剧。

遗忘了的，只是你。
我将关于我幻想的未来写成一首首诗词。
为没完成的允诺补上空缺，
我不记得了，可栀子与银杏记得。

再清秀的字体也写不出当初的誓言，

恋歌也一并逾期。

我每一句话都是忘记，

换来的，

雨染衣襟，

在孤独梦乡颠沛流离。

我想，我本应该像铁生一样靠友谊活着的，

抑或是青春最真挚的爱情。

但我没遇到过那样的友谊，

真挚的爱情反倒遇到了，

于是乎，我靠着爱情活了下来。

在这个有阳无光的下午，

我和你约定白首偕老。

别说话。

回礼不一定是未来啊，
谁也不会想到这是诀别。
初夏的风温暖如常，
它没有失约，准时地出现在了身旁。
我面露不舍，
对不起，回礼只是还清亏欠。

我以银杏起稿，妄图收揽栀子的笑。
我的心房被搞得一团糟，
我自讨苦吃，竟忘了自己是棵野草。

奶糖是美好甜蜜的开局，
是各奔东西没了后续的结尾。
三年匆匆，
我从没想过，
不喜欢吃糖的我竟以奶糖作为我高中时代的主旋律。

虚幻禁锢神祇，

石碑布满荆棘，

太阳火化山脊，

恶人推杯换盏重获新生。

多么荒唐，

先驱用肉体去唤醒麻木的灵魂，

却被一文不值丢在汪洋。

他们是幸运的，

他们是不幸的。

你问我为什么学了那么多乐器唯独笛子到了一定高度，

我笑而不语，

自己知道便好，

这是她失了约未给我吹过的恋歌。

樱花开了谢了，

亘古的城墙依旧没等来青衿。

倒也没办法，

毕竟是很多年前的事了。

不过幸运的是，

在樱花凋谢之前，

他一定会来。

我看到了星星，

最后发现是你的眼睛。

如果想追求幸福，

要将枫叶写进书信。

把信交给月亮，

对你思念漫长。

留下一盏灯火，

照亮你的心房。

你道爱恨慌张，

分散如同家常。

我天真地信以为真，

却坠入无尽迷茫。
年少大梦一场，
回过头来只剩匆忙。
笑着落下苦笔，
不问世俗天纲。

我在梦里，
梦见了我们安好，
梦见了曾经的故乡。
看到了我的幻想，
我开心地将其收藏。
在半睡半醒之间，
我侧过身来，
继续回味梦乡。
正好阳光明亮，
我走在路上，
看过往行人，
牵心爱姑娘。
久不治愈的失眠，

竟有了疗方。
醒来神清气爽，
窗外鸟语花香。
柳条飞舞，
绿草如茵。
我沉浸在这景色之中，
忘了艰难烦恼。

书本刻上灯光，
赠与夜空化为点点星光。
未来尚且明亮宽广，
何必忧愁于此。
放下名利欣赏景象，
少年怎敢遗忘，
肩上那使命荣光。
粉笔在黑板沙沙作响，
我们，不惧时光。

我就像猜哑谜一样，

将告白一次次的藏进话语。

你丝毫没有察觉，

失望与期许共存。

我在十六世纪的教堂，

等你，

期待着你的赴约。

虽然，

我知道的，

你也不会到来。

或许，少年，

应该是以笔做枪，横扫四方。

满朝文武，

比不过一句出航。

在这个年纪，

有该有的血气方刚，

有月光为他们护航。

燥热的盛夏喧嚣，

包里装上远方，
分别在此，未来再见。
愿我们，归来仍是少年，
仍敢于为理想而去热血沸腾，
为我们的成就人声鼎沸。

我们每个人都应该经历，
姑苏的朦胧，
烟雨笼罩的楼台。
我们苍白，无力地，
去为浪漫主义写出赞歌。
我们的手流淌着的，
是我们的血液，
殷红的血与惨白的纸张，
笔杆轻微地颤抖着。
我们不是在做无用的事务，
请你们看清楚，
我们是在让栀子四季盛开。

我是喜欢微醺的，
所以我独自酿了很多的酒。
有些取自寒冰，
有些取自花卉，
星星看了也眼馋，
就那样看着我。
我于心不忍，
给它倒了些许，
没想到竟让繁星坠落到了麦田里。
于是，麦子也尝到了温柔。

回不去的可不止是年纪，
还有那写满演算公式的草稿纸。
是夏天汗水挥洒的篮球场，
是那小小不足几百平方的花田。
图书馆门前正中央，
阴影凉爽。
小房间，
歌声嘹亮，空调舒适。
这是专属于我们的狂欢。

想靠近的，
是你的身边，
可是浑身泥巴的我又怎敢走到身前。
每每看你的笑颜，
我呼吸一滞，
好像是到达了春天。
我多想成为晚风，
这样也有理由拂过你的发梢。
我想请你和我一同去向操场，
一起喝杯乌龙茶，
看看远方的水场。

总会有一声喝彩是为你而喊，
总有一个破例是对你的偏爱。
他们看着你的一步步成长，
回想到了以前的他们，
感慨万千。
是多少字也写不完道不尽的感动瞬间，
是多少次的欢笑与汗颜。
愿我们，一直是我们，
哪怕未来不定，也有你们在我身边。

如果能用几万次的笔锋换回你的爱意，

吹散一片泡沫去换那一点清澈。

我是愿意的，

我心甘情愿地付出。

但前提是，

你是真诚的，

不带有一丝虚伪的。

因为虚伪的爱，

不值得去让真诚大费周章地被人嘲笑。

烟花在雨夜绽放，

附近的雨滴被染上亮光。

我在湖底，燃烧着，

我的肉体，在消亡。

没有人，

记得我的羽翼。

我的诗词，

填补上我在这个世界的痕迹。

我的心上之人，

请在我的白骨上种上一朵玫瑰然后埋葬在沙漠吧。

会有狐狸来的，

一并来的，

还有一位将要离开的客人呢。

心中的词藻，

不比烈酒辛辣霸道，

倒会让我自己醉卧梦乡。

或许也贪那醪糟几两，

微晕的大脑，

跳跃的光影，

一切是那么平常。

我畏惧路灯的孤独，

它的无私是伟大的。

但我不会是这样的，

我害怕，害怕见证她与月光。

在这燎原的烈火里，
狮子的眼睛暗淡无光。
看着近在咫尺的羚羊，
放弃了杀戮。
湖泊水浑浊掺着树叶，
低舐几口，毅然决然地奔向了死亡。

你是，
风在飞行时掉落的羽尖，
旋转慢悠悠的落在我的头上。
啊，真温柔呢，
是盛夏的爱抚。

来人间一趟，
你总要信点什么吧。
是专属于你的开场曲，

还是为你甘愿残疾的心灵。

到底是难留住你，

再苦的苦酒也抵不过你的半分话语。

怎样落笔才能写出思念，

思念，思念。

不，我知道了，

余光下的倩影。

让我们去意大利吧，

去佛罗伦萨的教堂，

得到白鸽的祝福。

去威尼斯，

热烈地亲吻于船上。

你会牵我的手吗，

一双冰凉的，粗糙的手。

我的女孩，

上帝保佑你。

你愿意，

那不只是手，

那是天使对你的奖励。

孱弱的肉体终会消亡，

斑马也在霓虹灯下流浪。

舞蹈不要停歇，

他们看着呢。

让他们好好见识一下，

什么是真正的华尔兹，

什么是真正的配合默契。

靠在我的胸膛，

听听我的心跳，

那颗为你而跳的心脏，

是难闯的布拉诺岛的窗。

青春是自信的，

自信到你认为太阳都是为你升起和落下。

我的小国王啊，

你要注意自己的王冠。

别低下你高贵的头颅，

就那样抬着头，

挺直胸膛，

自然会有人为你扶正。

而你要做的，

不过是把让人昏昏欲睡的函数题学懂。

我一直活在了过去，

活在了那怎么也烘不干略带着潮湿的床单。

怎么也凉快不起来的风扇空调，

那齁得龇牙咧嘴的蜜桃乌龙茶。

你问我为什么喜欢这些苦难，

不不不，这是我青春的一部分，

独属于在那个小城的回忆。

没有杂质，没有心思，只有纯粹的关系。

伟大的庆功宴也不一定要多华丽，

啤酒小烧烤也是不错的选择。

那天和你轻碰酒杯，

一瓶啤酒下肚，
反倒多了些清醒。
我们笑着说着未来，
你也实现了诺言，
在台下看着我的成长。
愿我们的友谊长存，
你一直是我的后盾。

我这一身恶臭与标签，
是我最后的收场发言。
我有着与常人不一样的道路，
就像弗罗斯特说的，
我选择了人迹更少的一条。
我走上了更暗，更难的路，
不被世人认可的路。
我要手握利刃，
披荆斩棘，
走到路尽头。
脱下我的"肮脏"，
把那身属于我的盔甲穿上，
将其作为与未来博弈的筹码。

我向你和春风一同发了请帖，
邀请你们一起坐坐。
就在小摊旁怎么样，
春风方便，你也方便。
到时候喝几两清酒，
让白色的云朵也带上些绯红色，
多可爱啊，这是件浪漫的事。

我们不是成年人，
哪怕逾矩又怎样，
少年怎能少些属于他们的特点。
去勇敢地送给她花吧，
我知道的，你也知道的，
她喜欢茉莉。
去吧，动起来吧，
让这个平常的盛夏变得不再平常。
校园也可以是巴赫的圣地，
将你的真实所想说出来，
哪怕失败了，你也是赢家。

其实麦田也没有那么大的，
明明几亩地也就那样，
却困住了许多人的一生。
你为什么不惧怕那个坟头呢，
那是我爷爷的，我怎么会怕他。
风啊，请将我的思念带给他吧，
他的孙子在田头等着他回来呢。

冬天是什么？
是她围巾上红色的碎线头，
是小脑袋上落的几个小冰晶，
在那里傻傻地朝玻璃哈气画画。
雪是冬天的告白，
冰湖，冻土，梅花。
杯中的水结成冰块，
若是能围炉煮茶，
倒也有一番趣味。
但是我一直记得的，
冬天是有你的。

不知我闯进过谁的年华，

让我的心又松动了几分。

有那么一瞬间，

我竟以为是曾经的我们。

笔下的丝线绘成新春，

我回到了我的城市，

独自闯荡，

你去到了陌生的村，

谈婚论嫁，操起家常。

我们困于自己的表针，

曾经一起散步的我们，

差了点走到最后的几分缘分。

什么是真挚的感情，

就好比往湖中扔一个仙女棒。

虽然没有了绚烂的火花和耀眼的光，

却依然沸腾。

就像滚烫的爱，

遇上冰冷的心，

看似毫无动静，

实则已经浪涛翻滚。

夏日是晚风的乐章，

在河堤旁与我们拥抱。

夕阳也俯下身子去亲吻面庞，

自行车铃丁零作响。

将书本的封面刻上印章，

树影折射着未来的光。

此刻，风有了形状，

身着新装，落落大方。

午后的美梦，

透过了格子窗，飘向了奶奶的灶台旁。

爱情是青春的遗孤，

他们让少年男女凑在一起，

却到最后让其分离。

锈迹斑斑的太阳挂在天上，

似乎下一秒便会坠落在地上。

阑珊灯火在诗人眼中野蛮生长，

要在世界最僻静的地方开花。

春天也是要下雪的，

这样才能化茧。

我的诗中带着几分酒气，

还有几分爱意与侠气。

在这里，你是我唯一的主题，

我一直深爱着，深爱着你。

哪怕我们已经成为回忆，

哪怕我们形同陌路，一刀两断，

你依然是我最愿意提起的回忆。

我不惧流言蜚语，不惧字字诛心，

但是对上你的眼神，

我的瞳孔却黯淡无光。

这是为什么呢,

我蔑视所有事务,

唯独没有蔑视过青春与爱情。

是你告诉我,不要害怕,有你在呢。

也是你告诉我,

我们没有未来,就这样吧。

多可笑,

人生的一个匆匆过客我以为是一生的救赎。

就像爱的人刺了你一刀,

我不会强迫,不会挽留,

我尊重你的选择。

所以我放手,

看着你自由飞翔的身姿,

我撑起了最苦涩的嘴角,

任由热泪流淌在脸上。

我是爱你的,

你是不爱我的。

我们，再也不会像过去一样，

你抱着我，

和我说着你的草稿。

为什么要请外援呢，

这是属于一个人的战争，

这场战争没有硝烟，

是受害者反击的行动。

我对着流星许了十六年愿望，

盛夏百花开放，

知更鸟刚上树梢。

终于让你来到我的身旁，

一同欣赏人间的月亮。

多少年的雪月风霜，

直至最后微醺的星星看着我们依偎，

我才明白，你是这些年上天对我最好的嘉奖。

我们是素不相识的，

后来发现，我们是相爱的。

栀子是青春的花期，

他们绑架了破碎的，

已经化作碎片了的晴空。

我无数次踱步，

只为看你一眼。

而这一切的一切，

只是始于一次来自少年突然的心动。

我谋杀了银杏，

因为它知道我们的故事。

我将它残缺的躯体埋在了日落那里，

用刀指着自己的身体，

是残存的理智。

将自己关进一个柏木做的匣子里，

飞鸟看见了，

落下了泪滴。

秋天和路灯参加了我的葬礼，

它们将我的灵枢抬起，

亲自念了悼词。

我们今天，失去了，失去了一位勇敢的孩子。

我其实很想，

将她放进诗集里，

让她感受我的爱慕。

方法也很简单，

打开书，待她落在上面，

突然合上，

啪的一声，鲜血飞溅，

就像夹死一只麻雀一样。

你要知道，

钉死在墙壁上的海棠，

和在土里生长的海棠一样浪漫致命，

一个死了，一个活着。

我们的相见，

没有小说里的轰轰烈烈，

也没有什么奇妙的事情。

仅仅是因为我们被分到了一个班级。

后来，也是因为小事，

让我们有了契机。

多么奇妙啊，

没有那么多兜兜转转，

只是可能所谓的缘分，

就让我们成为了眷侣。

我是绝望的故交，

但又是一个不寐的船长。

终其一生，在海上流浪，

倒也触过暗礁，还有那不小的冰体。

一次次的化险为夷，

像是回到了故里。

生活就像海洋，

苦难是日常。

苦中作乐也好，
但是，请你握紧你的方向舵，
别让自己偏航。

我们爱的，
是素不相识之人所酿的酒，
可是，我们爱的酒，
从来没有想过是谁酿的。
倒也是无所谓了，
我们欣赏着这浓烈的酒精饮料。
朋友，请忘记忧愁，
让我们为未来，为不死的我们，
干杯庆祝。

我曾经一夜坐到黎明，

看着操场的灯亮起又熄灭。

看见了将升的太阳，

感受到了寒冷，

感受到了孤独。

可这是常态啊，

不过这次具象化罢了。

我不会哭的，我是我，

真正的文人是不会被世人所理解的，

我能做的，只是坚守本心。

爱情为什么要用克拉来称重呢，

至死不渝的爱是不会在意这些的，

它只会在意你的心是否忠于它。

当身边的人纷纷举起钻石，

妄图得到对方一笑，

我笑了，它们的总和也比不过我手中的花，

因为物质的爱是不配与单纯的爱并肩的。

那只能祝你和你的影子安好了，
你是要去追寻风筝的。
你的背包上插着一颗灯芯草，
说是护身符，
但愿有用吧。
姑娘，珍重啊，
别忘了回家，
我就在这里等你，
直到你找到风筝。
如果你没等到我，
请将你的灯芯草点燃，
我会出现在你的身旁。

明明已经尽可能地控制了，
却还是控制不住自己的情绪。
那一刻的话语，
如洪水冲向人群，
玻璃从空中砸向行人。
伤害被几倍地扩大，

有的时候言语比利剑更伤人，
此刻，心脏像被切割成无数块。
月亮啊，请告诫我的心吧，
我真诚地忏悔我的行径。

我早就察觉到了我们的不合适，
但是我没有说出来。
拒绝了诱惑，
尽可能地陪伴你到我的下车站。
到了站却又让我依依不舍，
直至你开了口。
嗯，有你的这一段旅程很开心，谢谢你。
那就一切保重，再见。

你是落日的，
在日落之前是要还回去的。

路上落叶吱吱作响，
我们就这样并肩走着，
到了路的尽头，
最接近太阳的地方。
我们停下脚步，
对不起，不能陪你走下去了。
没关系，我一直爱着你。
下次，换我去找你。

我们打个赌吧，
拿栀子当赌约，
赌我们的未来。
那天，约会的晚上，
心动不是对你。
是对当晚的秋风，银杏，星星，
是那一切的第一次。
路灯的余光，
蜿蜒曲折的柏油路，
它们才是那晚的主角。

你升华了它们，

你，

爱情的注脚。

火炉里燃烧着桂花，

安乐椅旁堆积着书籍与面包，

这些都是为你准备的。

歇歇脚吧，不必将重担压在自己身上而一直奔跑。

卸下负担，睡上一觉，

你会有更充沛的活力去面对生活的繁忙。

星月皆露，是个看夜空的好日子呢，去看看吧。

那个时候也是够傻的，

认为出了校园就是解脱。

现在回过神来，

反倒一阵不舍。

那年的栀子花开的正是时候，

也有夏天偶尔的风。

三两个伙伴围绕身旁，

看看不远处的群山险峻，

笑谈未来的誓师与考场。

我愿用我毕生文笔，去写尽我那平静却又动荡的青春。

我耍了个心眼，

和天空赌了局棋，

我输了，满盘皆输。

那时我的躯体生出了一双羽翼，

一双羽毛不齐的，骨瘦如柴的翅膀，

他们试图亵渎，我的文字。

我奋起，

我还击，

我被推倒在地上。

他们赢了，终于。

不过我的文字也好好的，

我将它抱在怀里，

身上的淤青和伤痕诉说着我的胜利，
我缓缓站起，嘲笑着他们的无能。
睁大眼睛好好看看，
我是不死的，我是无所不能的。
图谋不轨的人啊，
如果真的想从我手里拿走点什么，就要做好被我咬下一
块肉的准备。

我忽来兴致，
写下一首诗句。
怎么看都不完美，
我想了又想，
改了又改，
反复推敲。
才发现，诗句是没有问题的，
是黄昏将我的笔夺走了，
让它没了下文。

受伤的灵魂被刺中，
伤口落满蝴蝶。
不幸感染的血肉模糊，
请轻一点啃食吧，我也怕疼呢。

你的泪水让我失了理智，
一遍遍的无能为力是多么刺心。
我没有辜负任何人，
我以为是我以为的。
结束了，这场闹剧结束了。

你说你希望不打扰他人，
于是将信放到了我的门口。
我睡眼惺忪，环顾四周，不见任何异常。
我往地上瞧去，
没有信笺，
只有一点星星碎片。

灯火照亮了拍打在玻璃上无规则的水珠，

无月，叶绿，一杯暖茶，

我想，这就是苦中作乐的片刻生活。

不论怎样也写不尽这本诗集，

我们永远不会消散，

世上有太多关于我们的痕迹。

来到这个人间，

体验一趟别样的风景。

快要脱力的落水者们啊，

你们是不幸却又坚强的。

奋力地挣扎，

无畏地去登上那一叶扁舟吧。

等待你们的，

是美酒和面包。

勇敢被权力束缚，
正义沦为笑柄。
次次的忘恩负义，
泯灭多少善良生灵。
放下所谓的情节，
是理智的。
不顾一切捍卫尊严，
是伟大却无力的。

喝醉了的，
是大脑，不是躯干。
蹒跚在万亩花田，
米酒的度数是极低的，
却挡不住那买醉的心。
迷失，
在这万朵花卉里面。
栽倒下去，
随手将一朵花塞进口中。
你要绚烂地开，
哪怕是在生命结束前的最后几秒。

烟雨留下的。

是我们曾经深厚的友谊。

一瞬间，

我们便成了素不相识，

猜想成为现实，

早知如此，

我是不愿打扰的。

冲动的理性和无助，

却促使着我去打开那份期待。

你在这本该留下一笔浓墨的青春里，

变成了最淡的一点。

也算是个善意的谎言，

为了离开而蓄谋已久。

将那现在看来可笑的说辞

温柔地讲出来。

成了你的告别词，

我明白的，我爱你的。

蹩脚的离别终于有了借口
瞬间，
天空不堪重负，碎了
一角化作飞雪———
灯火已熄灭。

该怎么描述呢，
佳丽三千不及这一秒唯美，
万花见了妒忌得不寐。
你怎么嘲讽的呢，
算了，已经不重要了，
这般景色已经还击了。

每次抚摸过的，
是它的尸体。
变了形，

早已残缺的躯干。
在清澈的水底，
留下了一块突兀的，
让人生厌的黑色痕迹。

夜晚鼓足勇气，公开
曾客观存在的真情。
动机——心存
侥幸，结局总被人诟病。

沉默成为骑士，
花言巧语阴谋窃取它的位置。
慵懒的风切割灰白
天空爆成无数血珠，
遍地黄土浸透。
污染的树里，
藏着年少的心。

我是不被理解的
活在自己世界的空想者。
别议论，
也别打扰我。
我只是被捂住了眼睛，
迷了路。

秋末的夜冷到，
好像要在皮肤上结层冰霜。
痴情的人，
衣衫单薄，
和爱人互诉衷肠。
手指僵硬，
泪水冰凉。
他也许是知道结局吧，
抑或是情到深处，
在街道来回踱步。
矛盾的话语充斥脑海，
挥之不去。
相爱不解风情，
学不懂分离。

纤细的身体，

在消散。

温柔的话语，

已成过去。

松木碎混着烈酒，

从头上滴落。

苟活在回忆里，

以得到一丝慰藉。

所怀念的，

是一张白纸落下了字迹。

委屈吗？

没有理性的落魄者。

选择原谅吗？

在这个冷漠初夏。

追寻你的痕迹，

妄图找回破碎的自己。

污损的墓碑上，乌鸦伫立。

墓志铭的刻字模糊不清：

阳光，玫瑰，爱情。

我也偷尝禁忌——

围栏外，歌声婉转不息；

我靠着枯树听了整夜。

多冒昧；

偷窥了一位少女的心。

多失落；

自己的花离去，

开在了别人的土里。

我的过错，

是你多情。

我不只是酗酒的，
同时还是雨雪的信徒。
请落在我身上吧，
洗涤满身诟病的灵魂。

我对你是毫不犹豫，
毫不质疑。
次次
最终选项都是你。
你呢？
将我埋在腐肉里。

夕阳也有了情愫，
和我指尖的流苏私奔。
它怕我不安，留下了信笺。
一封沾染了吻痕的诀别书。

四点的云朵粉红，

天堂的人也许想吃棉花糖了吧。

收掉了大多云朵，

只留下极少一点，

此刻，蓝天亮得刺眼。

你对我，

就像一首戛然而止的曲子，

没了下文。

恭喜你，

无礼的见证者。

你是最大的赢家，

收获是从别人那儿抢来的一亲芳泽。

我想摘下，

凌晨的花。

去当作谢礼，

送给将海水带到我身边的人。

是他让远在沙漠的我

知道了，

什么是海。

倒下后裙底暴露的，

是人性的阴暗与欲望。

他们恬不知耻地讨论着，

那个无辜的意外。

毫不知情的心灵，

被创伤，

这令人作呕的行为，

赢得了同类人的赞扬。

古寺朴素漆面剥落，
阳光衬托梨花格外明亮。
蓝天带着点点白云，
月老殿前三叩九拜，
拜不来你回头。
看啊，
连梨花都是虚伪的。
形影不离的两人，
只剩我。
没人再会读懂我的诗词，
你，活在秋天。

我本是个无神论者，
直到遇见你。
我开始相信，
来生，缘分，命中注定。

听说有个古寺很灵，
阴差阳错拜了又拜。
真奇妙啊，
一个对你，
一个对我。
都明白的，
自那以后。
我是你的，
你是我的。

我喝了一杯毒水，

毫无反应。

可能损失了几秒寿命，

也就这样吧，

为了所谓的高雅，

伤害自己的肉体。

誓言一轮一轮流转不停。

自诩高尚的文人，

烂到连灵魂都残缺一角。

欲望，

妄图修改神的旨意。

让无数人疯狂的迷药，

爱情。

他们，她们。

两对无辜的伴侣，

无一例外地，

被恶碾碎。

悔恨过吗，

曾经最忠实的信徒。

何时开始，

自甘堕落。

栀子被玷污，

留下一片被灼烧的洞。

兔子将蛇窒息。

那天，死去的蛇，

出现在了他刚喜欢上栀子时的梦里。

月的尸体漂浮

黯淡无光天空中

松树随风舞动

惨白

灯光虚无

远处群山

张着大嘴等待行人悔悟。

深蓝

漫天飞舞。

金顶鸣呼雨幕，

倒也，是条归路。

惶恐的爱意迷乱

汪洋宽容天空不堪

麻木接管身体

秋夜微冷使人清醒

曾经的我，

埋进童真的土壤里。

◇ 懵懂无知的少年不会忘记栀子花香

　　何处寻她，在三朝古都，还是黑山白水，她欠我一个心脏，我欠她一支锋芒，子衿犹在，栀子花却没有了当初模样。她带着一个叫丢勒的人养的犀牛来，走的时候却未带走，子衿沾满了泪水。在江南，希腊，佛罗伦萨，他找了很多地方都没找到她，他沐浴着人类文学顶峰的圣光，造物主也祝福他们欢笑。这些地方的建筑无不透露着历代人类对美学追求的辉煌与向往，余音回响，他忐忑地抱着自己的武器缓缓睡着，却又时时惊醒。在山水之中，他有了许多回忆，虽然她没有跟着来过，却到处有她的影子。在悬泉断瀑，在千年苗寨，她在唱着他熟悉的歌谣，他听得如痴如醉，可刹那间，梦境破碎，他回到了现实，只记得她留给他的最后一句话：忘了我，在栀子花盛开的季节，你再爱上的人的模样，就是我的样子。

◇　看，独属桔梗花的告白

　　阳光从屋顶上掉下来，落在了这个她不常光顾的地方。而常在这肮脏、黑暗中生活的少年，却满心欢喜，双手尽可能地将所有光捧上。可不一会儿，她便离开了这里，少年失望了，拖着沉重的身躯回到了属于他的地方，可在墙角的栀子花，却清楚地看见少年身上的光。

◇ 来自飞鸟的祷告

　　时光飞逝，看着不足百天的中考倒计时，我不胜彷徨，是对未来的迷茫，还是对初中的不舍，我不知道，也终将不会知道。

　　三月微风涛涛，初见粉红，不论多久，也显得俊俏可爱，虽仍带有一丝寒冷，但在整个春天面前，它显得如此微不足道。我虽在这样的环境中沐浴，却未有一丝享受，冲锋号角吹响，我已没时间停下思考。以一首生命之歌，唱出世界之殇。以一腔热血，拼一身桀骜。以胜利者的姿态，驻足在西什库教堂。望历代人物，听一曲荣光，春观夜樱，夏望繁星，秋赏满月，冬会初雪，白昼之光，岂知夜色之深，星子深深，日走月尘。不放手一搏怎对得起那躁动的心脏，唯冲刺一回才有那晴天朗朗。那年，香樟树沙沙，栀子花开放，我把玫瑰留在了盛夏，哪怕有一天没人与我合唱，至少在我心中还有个尚未崩坏的地方。

　　当喧闹尘世重归宁静，绯红色的夕阳缓缓落下，她拿着一瓶乌龙茶，校园里弥漫着花香，教学楼上洒满了阳光，我们从操场走到主席台上，慢慢坐下，相视一笑。一切都不用言语，就像我们第一次见面一样。红色教学楼的天文台，玻璃反光的食堂，熙熙攘攘的人行道上，一切都结束了，彼时的我们，正当年少。

◇ 木箫寒春愁

　　莫问归期，杨花白首，一笺何处寻？恰似林梢楼影外的蒹葭，一杯清酒，平生过往，诉尽衷肠，此生只望颓颓夕阳。你去你的江南，追寻你想要的时光，我去我的塞北，手握刺刀，守护家乡，新酒与夕阳，晨花配沉香。可惜我文笔平平，写不出该有的文武，却可以拿起武器与命运抵抗。但到了最后，军靴沾满了鲜血，而你和我却潦草收场。

◇　冬日与夕阳

　　每个人表达爱意的方式各不相同。对我而言，是在我的武器上刻下你的名字，是一篇篇文章，是一次次面对你的微笑。我感受到的爱是每一天的夕阳与晚风，是在学校过的每一天，是等待微信的那份忐忑。我是个浪漫主义者始终有着属于自己的乌托邦，在幻想乡中治愈自己，沉溺于中无法自拔，落日与你是上天赐予我最好的礼物。我等你，等竹刀砍断铁刃，等到马尔代夫沉入海洋，我没有错过任何一个蝉鸣喧嚣，充满薄荷味的仲夏。却错过了年少时的我们，栀子花海里传来歌声，我循声望去，看到了你，伴随着的，是你头顶的月光。

◇◇　思　商

　　雨落乌江，未穿足衣裳漫步小巷，寻一茶铺，饮一碗龙井暖暖身上。找一小船，游逛四方，至一客栈，点酒二两，配些许菜肴，看着窗外的雾中庙宇，和它诉说我们的过往。回房，躺在床上，有的，只剩下没有她笑容的悲凉。

◇　年少时那一刹那的心悸

　　伊人在何方，留我一人在此世间流浪。前方白雾茫茫，看不清目标找不见方向，但在那好似路尽头的地方，有一束光亮，那是浪漫主义者的向往。那人在灯火阑珊处，与雏菊对酒，为我吟唱祷告。我想，我终于找到了幻想乡，我唯一的，真正的不可分割的幻想乡。

◇ 何处无伤

　　你在佛罗伦萨的教堂里弹着钢琴唯美窒息，我在希腊沾满鲜血跪地祈祷，请求主宽恕我的罪过。我的名字会被刻在埃及的那面栀子花墙上名垂青史，而帕特农神庙却宣判着我的死刑。米酒带着些许凉意，你只存在于幻想之中。

◇　夕阳微雨问秋霜

　　忧郁开满在楼梯上，我溺于维克之海，驻足于蓝顶教堂。无暇顾及世俗对我的影响，我和心爱的姑娘绵延漫长。我们在落日下的西班牙阶梯上，老桥中央。烟火在我们身后绽放，我们在灯火阑珊处接吻拥抱，最后一丝余光照亮了我们的脸庞。

◇◇　地中海的情话

　　如果可以，请把我葬在圣托里尼岛上，让我好好看看那里的唯美与幻想。地中海的夕阳缓缓落下，属于我的时代也缓缓收场。我被蒙骗于它的温柔乡，即使头脑清醒也不愿离开这个充满爱意的地方。

◇　寒　楚

　　猎户座支离破碎，太阳陨落世间。凡人祈祷，神明哭泣，凄美悠扬的歌声在末日嘹亮地回响。世界在这一刹那仿佛静止，人类用鲜血回报，可笑的是他们并不虔诚，使者将他们的头颅砍下献给月光，而虔诚的信徒将得到嘉奖，他们就好像小丑一样用自己的生命潦草收场。

◇　元月之圆

　　随着今年的最后一场雨下完，龙泉寺也陷入了寂静，不信宗教的我在这里三叩九拜地祈祷着我们的希冀与道路平坦漫长。我们一起去往了现代艺术的殿堂，我把护身符摘下赠予你，你将随身之物戴在我的手上。

◈　尘封的月光

在汪洋的深底，泰坦尼克号长眠于此，我探寻其美妙的过往，我进入到了里面的船舱，一群人的骸骨在此累积，全部裸体，而盛装则放在一旁，因为海盐和年份的侵蚀而成为布条。我想走出这荒唐的地方，却迷失于这个几十平方的地方，最后我被一根生锈的钢钎洞穿胸膛，我也长眠在了这个地方。

◇   青春记忆中的幻想

懵懂的爱意在校服上烙下深深的印记，银杏叶倒映出青春的影子，箭矢刻下彼此的姓名穿于青丝之中。少年的爱永远是那么直白且带着几分笨拙，她身上栀子花香浓郁，在冬夜的路灯下，他们牵着手享受着来之不易的宁静。再华丽的花言巧语也比不过朴素的行动，让我们慢慢地，慢慢地走向灯光尽头。

◇　在救赎之前

　　我们的故事终以遗憾收场，真实所想只有自己知道。奶茶换烈酒，奶糖变药方。簪子也为自己而留，泪水苦涩冰凉，一切都好像回到了当初那样。但刺骨的寒气却一直提醒我这不是过去，美好的时光成为梦魇，理性与感性混在一起纠缠不清。梦中的你让我心痛窒息，一个半小时惊醒三次诉说着我的悲伤。你说你是风筝，喜欢有丝线的安全感，却又对此惶恐不安。于是我割断恋情的丝线看着你飞翔，心中的惶恐与希望一并逝去，只剩那强撑起来的嘴角。午夜的走廊寂静无声，绿色的灯光照在我的脸上。我却没有半分害怕与慌张，只是默默的抚摸着印章。你洁白无瑕像天使一样，你有着光明的未来，不能被世俗所干扰，千户苗寨没了光芒，七九八亦成过场。而我的记忆，一直在你那天亲手给我戴上随身之物，牵过我手后抱着我胳膊的模样。这一刻，我理解了什么是白月光。可早已为时已晚，我在亦对亦错的年纪有了一段后悔又无悔的恋情。无声的笛子吹了一夜，次次直击心脏。我是坚定的唯物主义，可这次却是唯心，明月照我身，我还以生命以表达敬意。

你看上我了？嗯——花栗鼠

我觉得我是风筝有人被拽住线会觉得有安全感但是我会惶恐不安——白月光

◇ 旧雪告白

　　落日与唯美终究无法挽留，栀子延误了花期，姑苏渡僧桥留下了爱意，一切都没撑到冬雪。新雪将贫瘠的土壤再次覆盖，新发的嫩芽被埋去。月光照在皑皑白雪上，白雪如镜子般明亮。清酒落入白雪之中，融化了那片积雪，露出来那失去生命的嫩芽。

◈　江南雨水细如眸

你说沿着你的踪迹便能找到你，我来回寻觅只寻得一条青石小路，小路蜿蜒铺向远方。麦田在其左右挡着风浪，朦胧的薄雾笼罩中央。我眯着眼睛对抗风浪，没有路牌没有骄阳。道路湿滑，我时常栽倒，艰难爬起摸索方向。小路变得陡峭，慢慢上了山岗，天空突然小雨伴着骄阳，我从山顶往下奔跑，找到了曾经的来日方长。

◇　酡　月

　　在去年仲夏的某天，下了一场在这个季节再也不过平常的大雨。那天我偶然的打着伞去七九八乱转，路上几乎没有行人，道路两旁的小店透过雨幕发出温暖的橘光。雨天散步的人很少，雨夜散步的人就更少了。我沉浸在这包含我大多数青春的地方，有的时候再优美的词藻也不如一笔白描。三年前的正午骄阳，经过一番轮回，再一次照在了我的身上。

◈ 独属于雪的告白

　　雪是浪漫的，纯洁无瑕落在世间。它的存在仅是刹那间，可浪漫却是永远。雪落无声，不，雪的声音我听见了。明明是雪写给盛夏的恋歌，雪深爱着盛夏，却爱而不得。听啊，它如痴如醉地唱着，而此时的我，甘愿飞雪扑在我的脸上我的身上。它的爱多么深沉，多么震耳欲聋！栀子离开了，栀子属于盛夏。梅花却没有，梅花属于冬末的，是雪的爱慕者，它爱着，它深爱着，雪的恋歌深沉，梅花掩面哭泣，我的泪混着雪变成寒冰，她不在了，闹剧结束了。

◇ 花火的赞歌

　　可悲的是，我终究没逃出这小小的院子。我的心病一直在，就好像五亿平方千米的地球里这小小的院子，明明有一个梯子却怎么着也登不上去。伸手触摸墙壁，坚硬冰冷，我一直在尝试挣脱束缚，却发现好像有什么刻在了骨子里一样。我是浪漫主义的忠实信徒，我向往柏拉图，也见过丢勒的犀牛。明明一切都会过去，我亦会在这里叹息。几口清酒下肚，意难平，掩面泣。

◇ 夜归时的一个浪漫的插曲

夜晚归宿时看到了一对男女，他们走得很慢，带着些许不知所措。路上一次次将手触碰，又一次次跟触到火苗一样跳开。他们在路灯下小脸通红，最后男孩像下了很大决心似的，强硬地握住了女孩的手。这个行为在我看来略显粗鲁，但是是属于他们的青春。大概是他们第一次牵手，便无所谓了。紧接着他们相视一笑，牵着手过了拐角，从我的视野里消失了。我也笑了，那里不是有一段美好的、纯洁无瑕的感情么。我怔了一下，一直在想怎么描述，啊，青春的爱情。

◇　仲夏的信笺

　　灯光透过叶子之间的缝隙射入我的瞳孔。我就这样安静地坐着，抬头向着这棵树上看。对我而言，这是一份短暂的，不可多得的美好。我的心此刻如同古井般孤寂，直到看到眼睛酸痛，收回视线，看着他们的累累罪行，我哽咽了，大声地控诉着他们，可到头来都是一场虚无，罪犯依旧逍遥法外，欠我们一个交代。

◇ 我爱过海棠和你

在神庙穹顶，九月份夕阳之上，我没想到我会遇到梦中的月光。前方路途坎坷，我对此多了些惆怅。中秋共团圆，除夕互道一声祝福，人生何处无光。这是一道布满玫瑰的墙，每一朵都是浪漫主义者的生命。现实主义者带着猎枪来到此地，妄图让这里成为他们的殖民地。而我，则用生命去反击。倒在枪口之下又何妨，为自己的教义牺牲是伟大的，我站在高处嘲笑着侵略者和死神的无能。

◇　窗外风景

　　今天走过廊道，鬼使神差地看了眼窗外。网球场上站着个姑娘，头发乌黑，扎着马尾，手拿球拍。阳光穿过灰白的天空，她的发丝渲染了一层金色的薄雾。那一刻，仙女下凡到了人间，姑娘长得倒也俊俏，白净的小脸带着浅笑。她或许有什么心事吧，在欢乐的人群里就那样孤零零的站着望着远方发呆。倒也让她显得特别，不一会，有个男孩慢慢地从后面靠过来，拍了一下她的脑袋，姑娘回过神来，冲着男孩嫣然一笑。哦，我不禁感叹神明的伟大，多么美妙的早晨啊！浪漫的事物随处可见，浪漫主义占领现实。我笑了，受到了他们的感染，我的脚步竟也轻快了几分，见证少年的我们是最快乐的，不是吗？

◇　青春的谎言

　　到头来，花朵也没有盛开，月光也坠入了大海。我错过了一个又一个的舞台，将自己囚于花海。我是浪漫主义的传道者，回到当初，也不过贪图了几分"薄面"。我是属于栀子和月亮的，落日的骨灰被我扬向天空，而后在夜晚又化作满天星辰。浪漫不是我一人所私有的，她才是。

◇ 听 风

　　春末倒也有几分细雨，夜晚雾气朦胧了路灯与湖，散发出古老的昏黄。柳树新发的嫩芽随微风摆动，雨后的夜带着些许清凉，一丝丝微小的寒气钻进衣襟。几只鸟儿也响起了鸣叫，随后又扑腾着翅膀飞往他处。樱花桃花随着一夜风雨交加落了个七七八八，满地粉白色的花瓣如云烟一般。春末不是结束，而是开始，是来自初夏的开始。

◇　一个宁静的夜

　　那是一个宁静的夜，温度正好，天空北斗正明。在操场上，一个女孩在那歌唱，唱那悠悠的横笛，唱那过了期的誓言，唱那金黄的银杏，唱那千户苗寨的她。歌词婉转，却又带着几丝埋怨。似乎是想问心上人为何离她而去，没过完的十五岁，没写完的情诗，失了期的奶茶与相机。那晚，是一个宁静的夜。不过，宁静的也只有夜。

◇◇　以初识为笔

　　那天是刚入初夏，阳光带着些许温暖，我遇到了她。也许是上天的玩笑，我们的初识是十分随便的，不高的个子扎着一个看着很圆润的丸子头，穿着淡黄色长裙。嗯，和煮熟的小米颜色差不多。她就那么自然地站在那里，等待着我的到来。我们其实算是老相识了，不过见面是第一次而已，在屏幕上的不分你我到现实中来果然都很统一，一句你好作为开场。不知为何就这么简单的二字，竟也弄得我们面红耳赤。回想这一年以来，从通过朋友相识，到互相爱慕。倒也经历了一番坎坷，见面前似乎有千言万语想要说出口，见面后却只剩一个微笑。

　　也不知是不是我们太过保守，把约会地点定在了电影院。两只无处安放的手互相试探着，试图贴合到一起，在黑下灯来荧幕亮起的那一刻，两只手掌终于五指相扣紧紧地握在了一起。她把头靠在了我的肩膀上，我的右手盘着念珠目视着前方荧幕，身体因为紧张变得僵硬。

一剧终了，我们牵着手走出影院，我是不可置信的。犹如在梦境中的，那一抹不真实感是那么清晰，直到将她送到她妈妈车前，我才缓过来些。

　　回程的路上，我笑了，一直在歌颂青春的爱意。我在今天切切实实地感受到了，以后也会继续温存着。那天，我遇见了她，遇见了正值人生美好时的她，遇见了满眼都是我的她。阿门，就让我在这美好的回忆中继续沉沦下去吧。我用最朴实无华的语言勾勒出了最美的她，她是在我青春中的，是在我最不愿回忆起那段记忆中的光，唯一的光。

◇　春风的谎言

　　就像堂而皇之的肮脏行径被冠以漂亮的名称，再有力的反击也会被称为非正义性。施暴者洗心革面变为智者，弱者不堪沦为报应。风浪平息，没有涟漪，一切归于平静。只剩下在湖底叹息的尸体。春雪度海棠。

◇ **春雪度海棠**

今日无月，未有消息，辗转反侧，出到这几许小院观海棠。带瓶清酒，坐到了那边角小亭旁，与海棠对酒，可海棠却一直在睡着。无言，我们似乎形成了一种独有的默契，我喝着我的酒它睡着它的觉。